Phoebe Gilman

L'hippopotame bleu

Illustrations de
Joanne Fitzgerald

Texte français d'Hélène Rioux

Éditions
SCHOLASTIC

Les illustrations ont été faites à l'aquarelle, à la gouache et au crayon de couleur sur du papier Lanaquarelle 300 lb.

Pour le texte, on a utilisé la police de caractères Nueva.

Catalogage avant publication de Bibliothèque et Archives Canada
Gilman, Phoebe, 1940-2002.
[The blue hippopotamus. Français]
L'hippopotame bleu / Phoebe Gilman; illustrations de Joanne
Fitzgerald; texte français d'Hélène Rioux.

Traduction de : The blue hippopotamus.
ISBN 978-0-439-94893-7

I. Fitzgerald, Joanne, 1956- II. Rioux, Hélène, 1949- III. Titre.
PS8563.I54B5814 2007   jC813'.54   C2007-901005-9

Édition publiée par les Éditions Scholastic, 604, rue King Ouest,
Toronto (Ontario) M5V 1E1 CANADA.

6 5 4 3 2 1   Imprimé à Singapour   07 08 09 10 11

À tous les gentils hippopotames, qu'ils soient verts, bruns ou bleus.

— J. F.

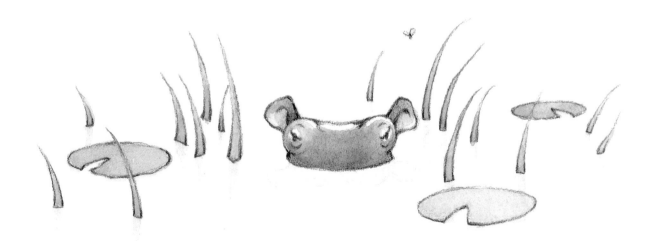

Il y a très, très longtemps, au pays des pharaons, vivait un petit hippopotame nommé Hapu. Chaque jour, au moment où le soleil teintait d'or les eaux du Nil, Hapu venait patauger dans la boue douce et spongieuse.

Un matin, pendant qu'il grignotait la délicieuse tige d'un roseau, il entendit des rires et des bruits d'éclaboussures.

« Qu'est-ce que c'est ? » se demanda-t-il en jetant un coup d'œil aux alentours.

C'était Méri-am, la fille du pharaon, qui barbotait dans l'eau et plongeait des rochers tout chauds. Elle etait si rayonnante que le petit hippopotame tomba aussitôt amoureux d'elle.

— Moi aussi, je veux jouer! cria-t-il en nageant dans la direction de la petite fille.

— AU SECOURS! hurla celle-ci, avant de s'éloigner à toute vitesse.

Les amis d'Hapu se moquèrent de lui.

— Que tu es bête! ricana l'un d'eux. Les petites filles ne jouent pas avec les hippopotames.

Hapu s'enfonça de nouveau dans la boue.

— C'est vrai, dit-il. Elle ne pourra jamais m'aimer comme je l'aime.

— Je n'en suis pas si sûr, déclara un héron qui pêchait à quelques pas de là. Des choses bien plus étranges se sont produites. Autrefois, j'étais un papillon, mais, un jour, j'en ai eu assez de ma petite taille et je suis allé voir le magicien qui vit dans une grotte, derrière les pyramides. Regarde comme je suis beau et grand maintenant.

Hapu sortit de la boue. Il aurait voulu en savoir plus, mais le héron s'était envolé.

« Derrière les pyramides, songea Hapu. Jamais je ne suis allé aussi loin tout seul, mais si j'essaie, je dois pouvoir y arriver. Un magicien capable de changer un papillon en héron peut sûrement me transformer en garçon.

Et alors, Méri-am n'aura plus peur de jouer avec moi. »

Hapu marcha le long du Nil, contourna les pyramides et aperçut un héron qui s'envolait d'une grotte, l'air éberlué.

« Il y a quelques minutes, ce héron était sans doute un papillon », se dit Hapu.

Le petit hippopotame jeta un coup d'œil à l'intérieur de la grotte.
Le magicien était là.

— S'il vous plaît, monsieur, le supplia Hapu, pouvez-vous me changer
en prince? Ainsi, Méri-am pourra m'aimer.

— En humain? demanda le magicien. Non, c'est impossible. J'ai essayé plusieurs fois de faire ce tour de magie, mais je ne l'ai jamais réussi. Il doit me manquer un ingrédient secret.

Une grosse larme roula de l'œil droit d'Hapu et tomba sur le sol. Le petit hippopotame se retourna et se dirigea vers la sortie.

— Attends! s'écria le magicien. Il y a plein d'autres choses dont les petites filles raffolent. Méri-am est-elle vaniteuse? Je pourrais te changer en miroir.

— Oh non! répondit Hapu. Elle n'est pas vaniteuse du tout.

— Est-elle gourmande? demanda le magicien. Je pourrais te transformer en une grosse saucisse.

— Non, pas une saucisse, répliqua Hapu. Mais... peut-être une chose avec laquelle elle pourrait jouer. Je suis trop gros et je lui fais peur.

— Ah! un jouet! Excellente suggestion, dit le magicien. Quelle est ta forme préférée?

— Je ne veux pas avoir l'air prétentieux, répondit Hapu, mais je pense que la plus jolie forme est celle de l'hippopotame. Nous sommes peut-être un peu corpulents, mais notre silhouette est très gracieuse.

Le magicien agita aussitôt sa baguette magique au-dessus de la tête d'Hapu.

— Ché-chou, ché-chou, kalabacha.

Soudain, les murs de la grotte semblèrent s'éloigner et le magicien devint immense. Sa voix résonna de très haut :

— Qu'en penses-tu?

— Est-ce vraiment moi? demanda l'hippopotame. Je suis bleu!

— Oui, le bleu te va très bien, répondit le magicien. À présent, je dois trouver un marchand qui te conduira jusqu'à Méri-am.

— Et si elle ne voulait pas de moi? chuchota Hapu.

— Cela m'étonnerait, dit le magicien. Mais au cas où cela se produirait, je t'accorde un souhait. Si Méri-am ne veut pas de toi, dis simplement : « Je veux redevenir un hippopotame. »

Le magicien secoua sa baguette magique et se mit à chantonner :

— Ché-chou-ché, ché-chou-cha.

Hapu s'endormit profondément.

Il se réveilla au moment où le marchand le soulevait pour le montrer à Méri-am.

— Oh! s'exclama la petite fille. Il est adorable. S'il te plaît, papa, tu veux bien me l'offrir?

Le pharaon donna deux pièces d'or au marchand, et Méri-am prit le petit hippopotame et le tira par sa ficelle.

— Je vais t'appeler Hapu. Suis-moi, Hapu, dit-elle en le faisant tourner autour d'elle. L'hippopotame était très heureux, même s'il aurait préféré le contact de la boue spongieuse et douce à celui des roues sur le sol dur.

Partout où Méri-am allait, le petit hippopotame l'accompagnait.

— Regarde-moi, criait-elle en sautant des rochers.

Puis elle éclatait de rire et éclaboussait son jouet.

— Toi aussi, tu vas prendre un bain, disait-elle.

Quand Méri-am prenait ses repas, elle installait Hapu à côté de son assiette et lui offrait du miel et des gâteaux aux graines de sésame.

Avec les années, Méri-am laissa de plus en plus souvent le petit hippopotame sur le coffre de cèdre, à côté de son lit. Même si elle n'oubliait jamais de le caresser avant de se coucher, il passait presque toute la journée seul, à attendre le bruit de ses pas.

Un soir, Méri-am le prit dans ses bras et le caressa doucement. Hapu sentit une larme mouiller son dos.

— Cher petit hippopotame, murmura la jeune fille. Tu as de la chance d'être fait d'argile. Tu ne connais pas la solitude, toi. Je voudrais tant rencontrer celui qui m'aimera.

Puis elle remit le jouet sur le coffre et souffla la flamme de sa lampe.

Hapu resta éveillé dans le noir.

« Je ne serai jamais l'amour de Méri-am. Je ne pourrai jamais la rendre heureuse. »

Puis il se rappela les paroles du magicien.

« Mais j'ai encore mon souhait », se dit-il.

Comme il serait bon de se prélasser au soleil et de bavarder avec ses amis.
Il pouvait presque sentir les plantes vertes croustillantes sur sa langue et
la boue gluante entre ses orteils.

« Je pourrais redevenir comme avant ou… »

Hapu soupira et fit son unique souhait.

— Je souhaite que Méri-am rencontre celui qu'elle aimera, et qu'ils vivent
heureux ensemble.

Le lendemain matin, le bateau d'un jeune prince remonta le fleuve et accosta près du palais. Tout comme le petit hippopotame, le prince tomba amoureux de Méri-am. Et elle tomba amoureuse de lui.

Le jour de leur mariage, une servante maladroite bouscula Hapu et le fit tomber du coffre de cèdre. Le petit hippopotame ferma les yeux en se brisant en mille morceaux.

« Comme c'est étrange de se briser ainsi. Je me sens tout étourdi et léger. »

Hapu se mit à flotter comme un nuage, de plus en plus haut. Au-dessous de lui, il aperçut la grotte du magicien.

— J'ai transformé beaucoup d'animaux et réalisé de nombreux souhaits, lui dit le magicien. Mais tu es le seul à avoir fait preuve de générosité en souhaitant le bonheur de quelqu'un d'autre plutôt que le tien.

Hapu s'endormit profondément, poussé par le vent et réchauffé par les étoiles. Il dormit pendant toutes les pluies de l'été. Il dormit encore pendant qu'on ensemençait les champs, puis pendant qu'on faisait la moisson. Loin au-dessus de la Terre, au milieu des étoiles, Hapu dormit jusqu'au jour où il entendit une voix qui l'appelait. Alors, il se réveilla et sourit.

— Tu es le plus beau bébé du monde!
s'exclama Méri-am en lui souriant aussi.